...IÈQUE POPULAIRE.

LA CROIX D'OR,

COMÉDIE EN DEUX ACTES.

MAISON DES ORPHELINS,

Allées des Noyers, 26.

BORDEAUX.

1850.

PERSONNAGES.

Mme LA COMTESSE DE SAINT-ANGEL.

THÉRÈSE, sa fille.

Mme D'HORIGNY, jeune veuve.

LAURE, sa fille.

LA MÈRE BERNARD.

MARIE, sa petite-fille.

LA MÈRE MICHEL.

Mme DURAND.

Mme THOMAS.

Quelques domestiques.

Bordeaux. Imprimerie de H. FAYE, rue Ste-Catherine, 139.

LA CROIX D'OR,

COMÉDIE EN DEUX ACTES.

ACTE Ier.

(Le théâtre représente une chambre à coucher assez pauvrement meublée : un lit, une table, quelques chaises et un grand fauteuil de malade).

SCÈNE PREMIÈRE.

LA MÈRE BERNARD, MARIE, sa petite-fille.
(La mère Bernard entre en s'appuyant sur le bras de Marie).

MARIE. Venez, grand'mère, venez ; appuyez-vous sur moi. Je suis bien petite encore, mais j'ai la force de vous soutenir.

LA MÈRE BERNARD. Chère enfant ! ton cœur a devancé ton âge, tu fais souvent plus que tu ne peux pour venir à mon aide ; mais je ne le veux pas, tu le sais bien ; avant tout, Marie, tu dois m'obéir.

Marie *(la conduisant vers le fauteuil)*. Oui, grand-mère, oui, je vous obéirai, ne vous inquiétez pas. Venez vous asseoir..... là..... Cette petite promenade vous a un peu fatiguée; mais çà vous aura fait du bien.

La mère Bernard. Je le désire; car, depuis deux mois que je suis malade, notre petit ménage ne s'en trouve pas bien. Tant que j'ai pu travailler, Marie, nous n'étions pas trop malheureuses; mon travail nous suffisait, et même j'avais mis de côté quelques petites ressources; ces deux mois de maladie les ont épuisées. Ah! ce n'est pas pour moi que je me chagrine! mais toi, mon enfant, toi, si jeune!....

Marie. Ah! si j'avais seulement deux ans de plus!.... Je vous suis inutile; je ne sais pas assez bien coudre pour continuer votre ouvrage. Voyons cependant, je veux essayer. *(Elle va chercher une corbeille d'ouvrage.)*

La mère Bernard. Laisse, petite, laisse. Je suis contente de ta bonne volonté; c'est tout ce que je demande de toi. Tu couds joliment pour ton âge, mais pas assez bien, vois-tu, pour des gens un peu difficiles.

Marie *(cousant)*. Oh! je m'applique tant, grand'mère! Je fais des points si petits qu'ils paraissent à peine. Tenez, voyez plutôt.

La mère Bernard *(prend ses lunettes)*. Ce n'est pas mal, c'est bien même. Je ne veux pas cependant que tu continues. Tu es faible, délicate, il ne faut pas te captiver. Si tu allais être malade aussi, juge de ma peine!.... Allons, laisse cet ouvrage, et donne-moi, je te prie, un peu de tabac.

Marie. Oui, grand'mère.

(Elle prend la tabatière, la remplit, et la remet à sa grand'mère).

La mère Bernard. Merci, ma petite. — On frappe. Entrez. — C'est la voisine.

SCENE IIᵉ.

La mère Bernard, Marie, la mère Michel.

La mère Michel a la mère Bernard *(en lui prenant la main)*. Bonjour, voisine. Comment allez-vous aujourd'hui, pauvrette?

La mère Bernard. Pas trop bien, ma chère. J'ai fait une petite promenade pour faire plaisir à Marie, le grand air m'a saisie, et je me sens bien faible.

Marie *(présentant une chaise)*. Asseyez-vous, madame Michel.

La mère Michel. Merci, mon petit ange. Que voulez-vous, mère Bernard, il faut se résigner.

Certes, vous êtes une bien brave femme, et personne plus que vous ne mériterait d'être heureuse, et cependant vous ne l'êtes pas !

LA MÈRE BERNARD. Je ne me plains pas de mon
sort ! Dieu est bon, il nous éprouve. Il connaît
mieux que nous ce qu'il nous faut. S'il veut me
rendre la santé, il sait bien pour qui je la lui demande : pour ma petite Marie.

MARIE. Grand'mère, tant que Mme Michel est
avec vous, voulez-vous que j'aille chercher des
œufs ?

LA MÈRE BERNARD. Oui, ma petite.

(Marie sort).

LA MÈRE MICHEL. C'est une charmante enfant
que vous avez là !

LA MÈRE BERNARD. Oui, ma chère. Nulle autre
mieux que moi ne peut l'apprécier, et ma tendresse
pour elle ne m'aveugle pas, je vous assure. Si
vous voyiez les soins qu'elle me donne, surtout
depuis que je suis malade ! les égards qu'elle a
pour moi ! c'est vraiment admirable dans une enfant si jeune.

LA MÈRE MICHEL. C'est que vous l'avez bien
élevée ; c'est que vous lui avez prêché d'exem-
ples autant que de paroles. Les enfants, presque
toujours, ressemblent à leurs parents. Un arbre
bien cultivé porte de belles fleurs et de bons fruits.

LA MÈRE BERNARD. Je n'ai fait que ce que je devais faire. C'était pour moi un devoir sacré, plus sacré peut-être que si c'était ma propre enfant. Sa mère, ma pauvre fille, me la légua en mourant; son père était mort déjà; je reçus donc cette pauvre petite orpheline, et je promis de vivre pour elle.

LA MÈRE MICHEL. Et, en effet, vous lui avez bien servi de mère. Je crois que la sienne aurait été fort bonne, puisque c'était votre fille, et qu'elle vous ressemblait, je pense; mais, la pauvre enfant, puisqu'elle ne l'a pas connue, elle n'a pas à la regretter; on ne peut être meilleure que vous, et on ne peut l'aimer plus tendrement.

LA MÈRE BERNARD. Ma chère voisine, je me fais vieille... Et que deviendra ma pauvre petite?...

LA MÈRE MICHEL. Confiance en Dieu, bonne mère. Vous savez bien qu'il n'abandonne jamais ceux qui espèrent en lui.

LA MÈRE BERNARD. Vous avez raison; oui, je le sais; bien souvent j'ai reçu des preuves toutes spéciales de sa protection et de sa bonté.

LA MÈRE MICHEL. Pour vous égayer un peu que je vous conte des nouvelles : D'abord la femme de l'épicier est mère d'un gros garçon, c'est aujourd'hui le baptême, et j'y dois aller. — Et puis André le boulanger se marie avec cette pe-

tite couturière, Marguerite, si douce et si sage.—
Et puis encore le château est enfin habité. Après
un long procès entre les héritiers de M. de Mon-
clar, il a été vendu, et c'est un comte, M. de....
de.... de.... je ne me souviens plus du nom, qui
en a été l'acquéreur. Il est en ce moment en voyage. Sa dame, la comtesse, est venue l'habiter
avec sa fille, grande comme Marie, et de nom-
breux domestiques. Cela va mettre du mouvement
dans le pays.

La mère Bernard. Il n'y a que trois mois que
je suis ici, je n'y connais presque personne, et
puis je suis tout à fait étrangère aux choses de
ce monde. Tant mieux que l'on se marie, tant
mieux que l'on soit heureux... Quand on est malade et dans la peine, mon Dieu! que l'on devient
indifférent à tout ce qui se passe!

La mère Michel. Oh! je vous comprends!
Néanmoins, réjouissez-vous; car cette bonne
comtesse veut devenir, il paraît, une providence
pour les malheureux. Elle a envoyé une somme
d'argent à M. le Curé pour qu'il le distribuât aux
pauvres, et je sais que, elle-même, va visiter les
malades. Elle leur dit des paroles douces qui les
consolent; et leur laisse toujours des preuves de
sa générosité.

La mère Bernard. C'est une bien grande con-

solation aux riches de secourir les pauvres......
Autrefois, moi aussi, j'ai goûté ce bonheur. Je
n'étais pas riche, il est vrai, cependant je trou-
vais toujours de quoi donner quelque peu......
Aujourd'hui, je n'ai plus rien, ou plutôt je possède un trésor; car je ne me plaindrai pas tant
que Dieu me laissera ma petite Marie.

LA MÈRE MICHEL. Et moi aussi, je suis pauvre,
ma chère; il faut bien que je le sois, puisque je
ne peux rien pour vous.

LA MÈRE BERNARD. Et croyez-vous que je
compte pour rien votre amitié à venir voir une
pauvre malade! Vous êtes la seule, mère Michel,
qui soyez venue vous informer de moi.

LA MÈRE MICHEL. Pauvre chère femme! c'est
qu'on ne vous connaît pas! Ah! voici Mᵐᵉ Durand.

SCÈNE IIIᵉ.

LA MÈRE BERNARD, LA MÈRE MICHEL, Mᵐᵉ DU-
RAND.

Mᵐᵉ DURAND *(en toilette)*. Enfin, mère Michel, on vous cherche partout. Voyons, viendrez-
vous au baptême? Il m'a fallu venir jusqu'ici pour
vous dénicher.

LA MÈRE MICHEL. Oui, Mᵐᵉ Durand, oui, j'irai.

— J'étais ici avec la pauvre mère Bernard qui est malade.

LA MÈRE BERNARD *(montrant une chaise)*. Si Mme Durand veut s'asseoir.

Mme DURAND *(s'assied sur le bord de la chaise, en relevant sa robe des deux côtés, avec une propreté affectée et dédaigneuse)*. C'est que, voyez-vous, quand on a une robe neuve d'une belle toile de Jouys, de 45 sols l'aune, on craint de se salir.

LA MÈRE BERNARD. Ne craignez rien ici, Madame. Je n'ai pas la force de nettoyer autant que je le voudrais, mais ma petite Marie me remplace en cela, je vous assure.

Mme DURAND. Ah! çà, je vois que vous allez mieux, mère Bernard. Il ne faut pas se laisser aller comme cela. Vous êtes bien, tout à fait bien. — Allons, mère Michel, allons donc au baptême. — Il doit y avoir après un bon repas chez la marraine, j'y suis invitée, vous y viendrez aussi. Les dragées ne manqueront pas, je vous le jure. — Allons, allons, venez donc. *(A la mère Bernard)* : Bonjour, la vieille.

LA MÈRE MICHEL A LA MÈRE BERNARD *(en lui serrant la main)* : Adieu, bonne mère, adieu, je reviendrai bientôt.

LA MÈRE BERNARD. Bonjour, Mesdames.

(Elles sortent).

SCÈNE IVe,

LA MÈRE BERNARD, *seule.*

O mon Dieu! c'est en vous seul que j'ai placé ma confiance. Que deviendrai-je si vous m'abandonniez!.... Et cette pauvre enfant, c'est la vôtre.... Vous êtes le père de l'orphelin, le protecteur de la veuve.... Mon Dieu, j'espère en vous. Ah! les consolations des créatures, qu'elles sont sèches et stériles pour un cœur affligé.... Mon Dieu! c'est en vous seul que je me repose.... Mon Dieu! ne m'abandonnez pas!....

SCÈNE V^e.

LA MÈRE BERNARD, MARIE.

(Marie entre en courant : elle tient d'une main un petit panier où il y a des œufs, et de l'autre main un bouquet de fleurs).

MARIE. Et vous êtes toute seule, grand'mère!... Tenez, voilà des œufs, voilà des fleurs; je me suis amusée à les cueillir; je croyais que la mère Michel serait encore avec vous....

LA MÈRE BERNARD. Elle vient de sortir il n'y a qu'un instant.

MARIE *(s'approchant de sa grand'mère d'un air caressant)*. Ma petite grand'mère, qu'avez-vous aujourd'hui? vous êtes triste... Vous aurait-on fait de la peine?.... Moi-même aurais-je pu vous mécontenter?..... Oh! dites, grand'mère! parlez à votre petite Marie....

LA MÈRE BERNARD. Me mécontenter, toi, chère enfant! toi, ma consolation, ma joie, ma vie, la bénédiction de mes vieux jours! Oh, non, chère petite!.... Mais il est vrai, je suis inquiète.... *(Après un moment de silence.)* Ces œufs, Marie, tu ne les a pas payés?

MARIE. J'ai dit à la femme que je repasserai ce soir.

LA MÈRE BERNARD. Oui, il y faudra aller.... Je dois te le dire.... tu es si raisonnable.... je te donnerai une pièce pour payer ces œufs.... Mon enfant, c'est la dernière........

MARIE. Quoi! vous n'avez plus d'argent, et vous ne me le dites qu'à présent!....

LA MÈRE BERNARD. Et qu'aurait-tu fait, ma petite? J'espérais toujours me remettre, reprendre mon ouvrage, et nous n'aurions pas manqué. Je ne voulais pas te faire partager mes inquiétudes, à toi, si jeune, qui ne devrais connaître que les joies de ton âge.......

MARIE. Ce n'est pas bien, grand'mère, de m'a-

voir caché cela. Combien je me reproche maintenant des dépenses inutiles pour des fantaisies
dont je pouvais bien me passer, et que vous ne
me refusiez jamais, vous, pauvre bonne grand'-
mère.

LA MÈRE BERNARD. J'aurais voulu te faire si
heureuse, pauvre enfant! et je crains bien.......

MARIE *(l'embrasse)*. Ne vous affligez pas :
Marie sera toujours avec vous pour vous soigner,
vous consoler et vous aimer, et avec vous, je se-
rai toujours heureuse.

LA MÈRE BERNARD *(essuyant ses larmes et
joignant les mains)*. O mon Dieu! je vous re-
mercie!.... Avec une enfant comme celle-là, on
ne sent plus ses peines.

MARIE. Grand'mère, voulez-vous que je vous
lise un chapitre de ce livre qui vous console toujours quand vous pleurez?

LA MÈRE BERNARD. Oui, ma petite, tu as une
bonne pensée. J'aurais dû y songer la première.

*(Marie va chercher le livre; elle s'assied à
côté de sa grand'mère; elle lit)* : « Mon fils, je
» suis le Seigneur qui fortifie au jour de l'afflic-
» tion. Venez à moi lorsque vous serez dans la
peine.

» Ce qui arrête le plus les consolations du ciel,
» c'est que vous recourez trop tard à la prière.

» Car avant que de vous adresser à moi tout de
» bon, vous ne laissez pas de chercher au dehors
» des consolations et du plaisir.

» Et de là vient que toutes choses vous servent
» de peu, jusqu'à ce que vous reconnaissiez que
» c'est moi qui délivre ceux qui espèrent en moi,
» et que, hors de moi, il n'y a point de secours
» suffisant, de conseil utile, ni de remède du-
« rable.

» Mais ayant repris cœur après l'orage, rap-
» pelez vos forces à la vue des miséricordes; car
» je suis près de vous, dit le Seigneur, pour ré-
» tablir toutes choses, non-seulement avec me-
» sure, mais avec abondance, et en comblant la
» mesure.

» Y a-t-il rien qui me soit difficile? ou ressem-
» blerai-je à ceux qui disent et qui ne font point?

» Où est votre foi? Soutenez-vous avec fermeté
» et persévérance. Soyez patient et courageux,
» la consolation viendra pour vous en son temps.
» Attendez-moi, attendez; je viendrai, et je vous
» guérirai. »

*(Pendant cette lecture, la mère Bernard
s'est profondément endormie. Marie s'en aper-
çoit, elle pose le livre, et regardant sa grand'-
mère avec attendrissement, après un moment
de silence)*: Pauvre bonne grand'mère! la voilà

qui dort..... Pour un moment, elle oubliera ses
peines!.... Oh! que je voudrais pouvoir la sou-
lager!.... Si j'étais plus grande, je travaillerais le
jour et la nuit.... à présent, c'est impossible....
Elle est si bonne! elle m'aime tant!.... que je
voudrais la soigner comme elle me soignait elle-
même quand j'étais malade! elle me berçait dans
ses bras, elle veillait toujours près de mon lit!...
et, pour quelques petites attentions, elle me re-
mercie; elle dit que j'en fais trop pour mon âge.
C'est bien juste, pourtant! Qui donc la soigne-
rait, si ce n'était moi? Oh! je ne céderais ce bonheur à personne. Je l'aime tant, moi aussi! *(Tout
doucement, elle lui prend la main et l'embrasse. Après un moment de silence)* : Et nous
n'avons plus d'argent!.... Comment faire?... Si je
pouvais en gagner!.... Mais qui voudrait de
moi?.... Je ne pourrai donc rien pour toi, bonne
grand'mère!.... Il me vient une idée.... *(Elle
tire de son sein une croix en or.)* Cette croix....
si je la vendais!... J'y tiens bien, cependant!....
Elle est toute d'or, elle est bien belle!.... Ce n'est
pas pour cela que j'y tiens, mais c'est qu'elle vient
de ma mère.... c'est tout ce qu'elle m'a laissé.....
c'était un cadeau d'une dame bien riche, sa sœur
de lait, que grand'mère avait nourrie.... Ma mère,
toi que je n'ai pas connue, il faudra donc me sé-

parer de ce seul gage de ta tendresse!... Grand'-mère m'a dit bien souvent que ma mère n'était pas riche, et qu'elle avait mieux aimé souffrir bien des fois mille privations que de vendre cette belle croix!.... Elle y tenait donc bien, ma mère!..... moi aussi j'y tiens bien!..... mais si grand'mère n'a pas de pain!.... Elle est bien à moi, cette croix, tout à fait à moi, grand'mère me l'a dit.... C'est la seule chose que je possède... il faudra donc m'en séparer.... Et si grand'mère se fâchait! Je ne lui dirai pas tout de suite.... Ce sera la première fois que je lui cacherai quelque chose.... Cette croix, elle est bien à moi.... Elle m'appartient à moi toute seule..... pourtant, si je faisais mal!.... *(Elle se met à genoux.)* Mon Dieu! inspirez-moi ce que je dois faire; éclairez une pauvre enfant qui vous implore et qui a recours à vous.... Ma mère! pardonne-moi, c'est pour grand'mère.... *(Elle se relève.)* Pendant qu'elle dort, je vais chez la marchande de bijoux, là, tout près, au bout de la rue. Je saurai au moins le prix qu'on voudra m'en donner. O mon Dieu! ne nous abandonnez pas!

(La toile se baisse).

Fin du premier Acte.

ACTE II.

(Le théâtre représente un salon de compagnie riche et simple tout à la fois : une console, une glace, des vases remplis de fleurs, des fauteuils et des chaises).

SCÈNE PREMIÈRE.

Mme DE SAINT-ANGEL, THÉRÈSE, sa fille.

(Mme de Saint-Angel, assise devant un métier, travaille à un ouvrage de tapisserie. Thérèse joue avec sa poupée).

THÉRÈSE à sa poupée : Allons, Mademoiselle, tenez-vous droite, saluez .... ne prenez pas ce petit air pincé, cela vous va très-mal. Voyons, récitez votre géographie. Quelle est la capitale de la France? — Paris. — Et de l'Angleterre? — Londres. — Et de l'Espagne? — Madrid. — Et de l'Écosse?.... de l'Écosse, entendez-vous?.... Ah! vous ne savez pas! Eh bien, Mademoiselle, c'est Édimbourg.

Mme DE SAINT-ANGEL. Tu veux donc toujours jouer, Thérèse? Tu es bien grande, cependant, pour t'amuser encore à la poupée. Je ne veux point te l'interdire, car j'aime assez qu'une petite fille répète à sa poupée les leçons qu'elle-même a reçues de sa mère. — Mais si tu travaillais un peu à ta broderie?

Thérèse. Maman, vous ne vous rappelez donc plus que c'est aujourd'hui qu'arrivent ma tante et ma cousine, et que vous m'avez promis récréation pour tout le temps qu'elles passeraient ici.

Mme de Saint-Angel. C'est vrai, ma petite; mais elles ne sont pas encore arrivées.

Thérèse. Elles vont arriver, maman. Trois heures sonnent à la pendule, et pour peu qu'elles se soient levées de bon matin, elles ne tarderont pas.

Mme de Saint-Angel. Dis-moi, Thérèse, voilà quinze jours que nous sommes dans ce château, comment t'y trouves-tu?

Thérèse. A merveille, maman. Il ne me manque que mon cher papa. Quand il sera de retour, ma joie sera complète.

Mme de Saint-Angel. Et tu ne voudras pas revenir à Paris? Tu ne regrettes pas les Tuileries, les Champs-Élysées, et toutes ces belles promenades où tu allais chaque soir?

Thérèse. Non, maman, je vous assure. Ici l'air est bien plus pur, on y respire mieux; je cultive mon petit jardin, je vais chercher les œufs au nid des poules dès que je les entends chanter, je donne du grain à leurs petits, qui viennent manger jusque dans ma main; puis je vais jeter du pain aux poissons rouges qui sont dans le grand bassin, et ils viennent le chercher à la surface de l'eau...... et puis, maman, vous voulez que je vous dise toute ma pensée, n'est-ce pas?

Mᵐᵉ DE SAINT-ANGEL. Oui, ma fille.

THÉRÈSE. Eh bien, j'aime mieux la campagne, parce qu'à la campagne vous m'aimez mieux qu'à Paris.

Mᵐᵉ DE SAINT-ANGEL *(cessant de travailler et regardant sa fille)*. Comment, Thérèse, ici je t'aime mieux qu'à Paris! Est-ce donc qu'il s'est passé des jours où tu as pensé que je ne t'aimais pas?

THÉRÈSE. Je ne dis pas cela, ma petite maman. Mais à Paris c'étaient toujours des visites, des dîners en ville, des promenades, des concerts, des loges au spectacle, des bals, des soirées, enfin que sais-je? C'était toujours du beau monde qui vous entourait ou qui vous emmenait, et j'étais quelquefois toute la journée sans vous voir. Je pleurais tout doucement, je m'en plaignais à ma bonne, qui me disait que vous ne pouviez faire autrement, que les gens riches devaient soutenir leur condition dans le monde. — Ici, chère maman, quelle différence! vous êtes avec moi du matin au soir; vous me parlez, vous me caressez, vous vous occupez de moi, vous me donnez mes leçons, vous me faites broder, nous promenons ensemble, et vous avez même la bonté de jouer avec moi au volan et à la poupée..... Oh! chère petite maman, que vous êtes bonne! et que je vous aime!.... *(Elle se jette à son cou et l'embrasse.)*

Mme DE SAINT-ANGEL *(l'embrassant aussi).* Chère petite! j'étais loin de penser que tu souffrais de mon éloignement.... Dans le monde, vois-tu, il est des bienséances dont on ne peut se dispenser. Il n'en sera plus de même à l'avenir. La voix de mes devoirs a parlé plus haut que celle des plaisirs..... Je suis venue ici pour toi, pour être toute à toi.....

THÉRÈSE. Quel bonheur! chère maman! que je vais être sage! comme nous allons nous amuser!.... et bien travailler aussi!....

Mme DE SAINT-ANGEL. Oui, Thérèse, nous serons deux bonnes amies, n'est-ce pas?.... J'entends une voiture.... c'est ma belle-sœur et ma nièce, sans doute.

SCÈNE IIe.

Mme DE SAINT-ANGEL, THÉRÈSE, Mme D'HORIGNY,
LAURE, sa fille.

Mme D'HORIGNY. Bonjour, ma sœur, bonjour!
quelle chaleur! quelle fatigue! On fait des mira-
cles, en vérité, pour venir jusqu'à vous! *(Elle
embrasse Mme de Saint-Angel, et se laisse tom-
ber dans un fauteuil. Les deux enfants s'em-
brassent.)*

Mme DE SAINT-ANGEL. — On ne vous en a que
plus de reconnaissance, ma chère Albertine. Venir vous exiler huit jours auprès d'une campa-
gnarde, c'est un sacrifice de votre amitié dont je
vous tiens bien compte, je vous assure. *(A
Laure.)* Que je t'embrasse, ma petite Laure.

Mme D'HORIGNY. Thérèse! viens, ma petite.
*(Elle lui passe la main sous le menton, puis
l'embrasse légèrement sur le front.)* La dé-
licieuse enfant! quelle blancheur! quel teint!

Mme DE SAINT-ANGEL. Laure, mon enfant, se-
rais-tu fatiguée, veux-tu reposer? ou bien pré-
fères-tu aller avec Thérèse promener dans le bois?

LAURE. Promener, ma tante. Je ne suis nulle-
ment fatiguée; et il me tarde de connaître ce

château dont on vous a tant parlé. *(Les deux cousines sortent en se donnant la main.)*

Mme DE SAINT-ANGEL. Elles auront bientôt renoué connaissance. — Vous me semblez un peu abattue, ma chère sœur, seriez-vous souffrante?

Mme D'HORIGNY. Écrasée, ma chère. Il n'était que neuf heures, on est venu me réveiller pour déjeuner et partir. C'était vraiment trop matin.

Mme DE SAINT-ANGEL. Je conçois que vous couchant un peu tard, vous avez besoin de remplacer votre sommeil dans la matinée.

Mme D'HORIGNY *(se levant et minaudant devant une glace)*. Quelle pâleur affreuse! Je suis vraiment très-souffrante!.... Voyez-vous ici beaucoup de monde?

Mme DE SAINT-ANGEL. Rassurez-vous, je ne vois personne. Il n'y a dans ce pays que de pauvres gens, pas une seule maison à demi-aisée. Je le savais d'avance, c'est ce qui m'a fait presser mon mari pour acheter ce château; j'y veux vivre dans une entière solitude.

Mme D'HORIGNY. Devenez-vous folle?.......

Mme DE SAINT-ANGEL. Point du tout. Je veux réparer ma négligence envers ma fille : trop longtemps je l'ai laissée pour le monde, il est bien juste maintenant que je laisse le monde pour ma fille.

Mme D'HORIGNY. Ah! vous vous faites maîtresse d'école......

Mme DE SAINT-ANGEL. Je ne fais que remplir un devoir. — Après l'avoir nourrie de mon lait, ce premier aliment de l'enfance, je lui dois une autre nourriture, peut-être encore plus nécessaire : éclairer son esprit, diriger son cœur, élever son âme jusqu'à Dieu.

Mme D'HORIGNY. Et prédicateur aussi, je le vois. Ma sœur, chacun a son système en fait d'éducation; je me garderai bien de combattre le vôtre, il est trop parfait, trop sublime, mais j'ai le mien aussi. Moi aussi, j'élève ma fille, depuis mon veuvage, c'est ma seule consolation, et je ne veux point m'en séparer. Et comme je l'élève pour le monde, je l'élève dans le monde. Or, vous ne prétendez point faire de votre fille une paysanne, pourquoi donc être venue l'élever au milieu de paysans?

Mme DE SAINT-ANGEL. Je veux faire de ma fille mon amie, ma confidente, pour obtenir à mon tour toute son affection, toute sa confiance, et je suis venue ici pour parvenir à ce but. A Paris, mille distractions, mille obligations qu'on s'impose, dérangent et renversent les meilleures résolutions. Il n'en est pas de même ici, mon temps est à moi, j'en fais ce que je veux, je le consacre à ma fille.

Voyez-vous, de cette fenêtre, le clocher de notre église?... Elle est tout près, au bout de l'avenue... Le curé y dessert depuis quinze ans ; c'est un digne prêtre, l'ami de Dieu et des pauvres, tous le bénissent et le nomment leur père. Je compte beaucoup sur sa coopération envers ma fille pour tout ce qui est de l'enseignement religieux. C'est ici qu'elle fera sa première communion, au milieu de simples enfants au cœur pur, qui valent bien, je pense, les brillantes demoiselles de Paris dont un si grand nombre ont le cœur corrompu. — Ce projet de retraite, qui m'a amenée ici, vient de la profonde conviction que j'ai acquise, que tout bonheur ici-bas est fondé uniquement sur une première éducation chrétienne et religieuse.

Mme D'HORIGNY. Allons, ma chère, il ne vous manque plus que le bonnet de lin, le voile noir et la robe de bure. — Puis, au lieu de ce portail en fer, un peu trop fastueux pour votre retraite monastique, je vous conseille fort une simple porte en bois, avec un de ces petits guichets.....

Mme DE SAINT-ANGEL *souriant :* Vous voulez rire, Albertine. Je vous connais mieux que vous-même. Au fond de votre cœur vous approuvez le parti que j'ai pris..... Il ne vous faudrait qu'un peu de courage.....

Mme D'HORIGNY. Oui, oui, essayez de me convertir. Chère sœur, vous y perdriez votre temps et votre éloquence.— Nous n'en serons pas moins amies, en gardant chacune notre manière de voir. — Et que dit le comte de Saint-Angel, votre mari, de cette belle réforme?.....

Mme DE SAINT-ANGEL. Vous savez combien il est bon! Par condescendance, il m'accompagnait dans le monde; d'un caractère un peu froid, et avec son goût pour l'étude, vous jugez s'il a été content! Après ce voyage, il viendra se fixer tout à fait auprès de nous.

SCÈNE IIIe.

Mme DE SAINT-ANGEL, Mme D'HORIGNY, THÉRÈSE *et* LAURE *rentrent en tenant par la main* MARIE *tout en larmes;* Mme THOMAS, *femme du bijoutier; quelques domestiques à la porte, dans le fond.*

THÉRÈSE. Maman, maman, n'est-ce pas qu'elle n'est pas coupable, n'est-ce pas qu'elle n'est pas voleuse?

Mme DE SAINT-ANGEL. Ma fille, je n'en sais rien, mais je ne le crois pas; avec une si douce petite figure, il semble qu'on ne peut avoir de si tristes penchants.

THÉRÈSE. Nous étions à la grille du parc, Laure et moi, nous regardions sur le grand chemin, nous voyons passer cette pauvre petite qui pleurait à fendre le cœur. Cette femme *(montrant Mme Thomas)* la conduisait, en la tenant bien fort par la main, disant tout haut qu'elle avait volé, et l'emmenant chez le juge. Moi, maman, j'ai crié après cette femme, je lui ai dit de laisser aller cette pauvre enfant, que Mme la comtesse de Saint-Angel la prenait sous sa protection. A ton nom, maman, elle a été libre, et nous sommes venues à toi. N'est-ce pas que tu la protéges, et qu'elle n'ira pas en prison?

Mme THOMAS. Pardon, Mme la comtesse, si je prends la liberté de prendre la parole. Cette petite ne mérite point que vous vous intéressiez à elle. Comment une enfant de cet âge, et avec de si pauvres vêtements, aurait-elle en sa possession une croix si belle et d'un travail si précieux, que mon mari prétend qu'elle vaut au moins quatre louis?

Mme DE SAINT-ANGEL. Est-ce bien vrai, ma petite, que cette croix est à vous?

MARIE *(croisant ses bras sur sa poitrine pour mieux tenir sa croix)*. Oui, Madame, cette croix est à moi; elle m'appartient à moi toute seule.

Mme DE SAINT-ANGEL. Voudriez-vous bien me la montrer?

MARIE *(se jetant à genoux)*. Oh! Madame, ne me la prenez pas, je vous en prie. Cette croix est à moi, bien à moi, je vous assure. Si j'ai voulu m'en séparer, c'était pour ma pauvre grand'mère. Je faisais mal, sans doute! et le bon Dieu m'en punit bien!

Mme DE SAINT-ANGEL *(la relevant)*. Ne craignez rien, ma petite; je ne veux pas vous la prendre, je vous prie seulement de me la faire voir.

MARIE *(sort la croix de son sein et la présente à la comtesse, en tenant toujours le cordon dans ses mains)*. La voilà, Madame.

Mme DE SAINT-ANGEL *(examinant la croix avec beaucoup d'attention)*. Je ne me trompe point.... c'est elle.... oui, c'est bien elle....

Mme THOMAS. Là!... quand je vous disais que c'était une petite voleuse. — Vous voyez bien, mes belles demoiselles, avec votre pitié pour ce petit mauvais sujet....

MARIE *(vivement)*. Non, Madame, elle n'est pas à vous, cette croix, elle me vient da ma pauvre mère; c'est la seule chose qu'elle m'ait laissée en mourant. Grand'mère vous le dirait comme moi; c'est toute la vérité.

Mme THOMAS. Eh bien, je m'en vais chercher la grand'mère, moi, pour voir un peu. Où donc reste-t-elle, petite, ta grand'mère?

MARIE. Non, non, n'y allez pas! Je ne veux pas qu'elle le sache, ma pauvre grand'mère! Elle est trop malade! et elle en mourrait, si elle savait que sa petite Marie est traitée comme une voleuse.

Mme DE SAINT-ANGEL *(tournant et retournant la croix de tous côtés)*. Oui, c'est elle.... c'est bien elle.... le chiffre en est presque effacé..... mais c'est bien la même.

Mme THOMAS. Traitée comme une voleuse!..... Eh! il y paraît un peu, je l'espère! Ce n'est pas mal commencer!

Mme DE SAINT-ANGEL. Eh bien, je la découvre, moi, toute la vérité!.... Non, cette enfant n'est pas coupable, j'en réponds pour elle, et je la prends sous ma protection. *(A Mme Thomas et aux domestiques.)* Vous pouvez vous retirer.

Mme THOMAS : *en s'en allant :* C'est bien encourager le vice, ç'à! *(Elle sort avec les domestiques.)*

MARIE *(joignant les mains)*. Comment vous remercier, Madame!....

Mme DE SAINT-ANGEL *(l'embrassant)*. Ma petite! cette croix, ta mère te l'a laissée, et elle s'appelait Annette, ta mère, n'est-ce pas?

MARIE, *avec étonnement :* Oui, Madame. Vous la connaissiez?

Mme DE SAINT-ANGEL. Pauvre Annette! elle est morte!.... c'était ma sœur de lait.... et ta grand'mère, la mère Bernard, ma nourrice..... pauvre femme! si bonne pour moi!.... Voilà encore une bien coupable négligence!.... Dis, ma petite, où est-elle? qu'est-elle devenue?

SCÈNE IVe.

Mme DE SAINT-ANGEL, THÉRÈSE, Mme D'HORIGNY, LAURE, MARIE, LA MÈRE BERNARD.

(LA MÈRE BERNARD *entre en s'appuyant sur un bâton; elle se jette à genoux devant la comtesse)*. Marie! voleuse!... cette femme le dit.... ah! j'en réponds sur ma vie. Grâce, Madame, grâce pour Marie!.... Mais non, elle n'est pas coupable!.... Elle, Marie, mon enfant, l'ange que Dieu m'a donné!.... Son cœur est aussi pur que le jour qui nous éclaire....

MARIE *l'embrassant.* Grand'mère, cette dame le sait bien que je n'ai pas volé....

Mme DE SAINT-ANGEL *(la relève, l'embrasse*

la place dans un fauteuil, et s'assied près d'elle en lui tenant les mains). Pauvre mère Bernard ! que j'ai laissée si longtemps.... Aussi ne me reconnaît-elle plus !....

LA MÈRE BERNARD *(un peu étonnée et confuse)*. Hélas ! Madame ! comment vous connaîtrais-je ?.... Quels rapports peut-il y avoir entre une grande dame comme vous, et une pauvre femme comme moi ?....

Mme DE SAINT-ANGEL. Des rapports bien doux..... et qui me sont toujours bien chers.....

LA MÈRE BERNARD *(la regardant, puis se couvrant la figure de ses deux mains)*. Serait-ce !.... ô mon Dieu !.... Non, ce n'est pas possible.... après une si rude épreuve, un si grand bonheur me serait-il réservé ?....

Mme DE SAINT-ANGEL. Nourrice, ma chère nourrice ! avez-vous donc oublié celle pour qui vous aviez le cœur d'une mère, et qui est restée si longtemps sans s'informer de vous ?....

(La mère Bernard entoure d'un de ses bras Mme de Saint-Angel, de l'autre main elle tient un mouchoir sur ses yeux et pleure beaucoup).

Mme DE SAINT-ANGEL *continue :* Pauvre femme ! qui m'a tant soignée dans mon enfance !..... et que j'ai laissée vieillir dans la misère et le besoin !.... oh ! que je me sens coupable, moi !....

et que je veux réparer mes torts!.... Cette croix, c'est elle qui nous réunit..... Je l'avais donnée à ma pauvre Annette le jour de son mariage.... je l'ai bien reconnue.... Et toi, chère enfant, viens, ma bonne petite *(elle attire Marie près d'elle et l'embrasse)* : cette croix, qui tout à l'heure t'a rendue si malheureuse, garde-la toujours, elle sera le gage de ton bonheur.

THÉRÈSE. Maman, voudrez-vous que la petite Marie soit mon amie, et que nous allions voir bien souvent votre pauvre vieille nourrice?....

Mme DE SAINT-ANGEL. Nous la verrons tous les jours, mon enfant, car elle ne nous quittera plus.

LA MÈRE BERNARD *(embrassant les mains de Mme de Saint-Angel)*. O mon Dieu! ô mon Dieu! après tant de peine.... c'est trop de bonheur.....

Mme D'HORIGNY *(qui pendant cette scène attendrissante s'est souvent essuyé les yeux, prenant la main de Mme de Saint-Angel)* : Ni moi, ma chère sœur, je ne vous quitte plus. Je renonce à Paris, au monde, à ses plaisirs. Vous m'en avez fait connaître de mille fois plus doux que tous ceux dont j'avais l'idée. Je reste avec vous dans cette solitude, pour élever ma fille comme la vôtre, d'après vos conseils, pour me ranger moi-même sur votre exemple; ma sœur, vous êtes mon amie et mon modèle.

Mme DE SAINT-ANGEL *(pressant sur son cœur la main de Mme d'Horigny).* Chère Albertine, vous comblez ma joie....

THÉRÈSE *(sautant et battant des mains).* Quel bonheur! oh! quel bonheur!

LAURE *(embrassant sa mère).* Que je suis contente de rester ici!....

MARIE. Et moi donc, qui ai tant pleuré, je suis la plus heureuse!.... Grand'mère aura du pain, et je ne vendrai pas ma croix!....

Mme DE SAINT-ANGEL *(à Thérèse et à Laure):* Mes chers enfants, c'est à vous que nous devons le bonheur que nous goûtons tous dans ce moment. Si vous eussiez été insensibles à la pitié, si votre bon cœur ne vous eût pas parlé en faveur de Marie, je n'aurais pas eu la joie de retrouver ma chère nourrice. C'est donc à vous que je dois ce bonheur.... Et c'est à Dieu surtout! c'est lui qui nous éprouve par la tristesse, qui nous ménage des afflictions dans sa bonté, car il sait bien aussi changer notre tristesse en joie et nos douleurs en allégresse. Rendons-lui donc à jamais d'éternelles actions de grâces.

(La toile se baisse).

FIN.